I0686691

...OUR

...MITIÉ

...PERSONNES

...L'AUTRE SEXE.

...EPITRE contre les ...... du Jour de l'An.

...... M. D. CC. XLI.

...A S. L***

...DULCI.

...PARIS,

...... CLÉMENT, Libraire, ...du Quay de Gèvres, du côté ...du Pont Notre-Dame.

...EC PERMISSION.

CONTRE LES CEREMONIES

DU JOUR DE L'AN.

EPITRE.

A MADEMOISELLE DE LA M***.

MADEMOISELLE,

Si je préviens de quelques jours la nouvelle Année pour vous en faire mon compliment, c'est afin de vous donner le loisir d'en passer les premieres soirées à lire ces milliers de Cartes que la coutume apportera chez vous pendant le jour que vous irez par la Ville dire le Pour & Contre comme les autres.

Cette coutume des souhaits de la nouvelle Année & des Etrennes que nous tenons des Payens, & qui pour cette raison a été condamnée par les Saints Peres, n'a été reçue chez les Chrétiens, que lorsqu'on a reconnu que ce n'étoit qu'une pure civilité, & qu'elle pouvoit contribuer à resserrer les liens du sang & de l'amitié, étouffer dans les Familles les désordres que la discorde pouvoit y avoir causé, & reconcilier les ennemis par

A

EPITRE.

 née ne subsiste donc plus, puisque votre nom
mis simplement sur une carte, ne peut ni
vous procurer l'occasion de vous reconcilier
avec vos ennemis, ni l'agrément de donner
des témoignages de tendresse & d'amitié
aux personnes qui vous sont cheres, puisque
vous êtes assûrés de ne les pas rencontrer
chez elles. Au reste, j'ai tort, Mademoiselle, de vouloir obliger les gens à venir
vous dire par bienséance le contraire de
leurs pensées. Croyez-vous, par exemple,
que ce gros Millionnaire, après la succession
duquel soupirent depuis long-tems ses avi-
des Heritiers, reçoive de leur part de sin-
ceres complimens d'une bonne & heureuse
année, suivie de plusieurs autres, pour moi
je n'en crois rien. Peut-on s'imaginer que
les vœux & les sermens qu'on fait en ce
jour aux genoux d'une Maîtresse opulente,
partent d'un cœur véritablement épris &
désintéressé. Ah ! si la fortune tournoit malheureusement la chance, & n'offroit plus
aux yeux qu'une beauté puissante en vertus,
vous verriez bientôt les Amans infidéles &
parjures, quitter brusquement celle à qui
ils viennent de jurer il n'y a qu'un moment
une ardeur éternelle, & voler par bande
autour d'un objet plus fortuné.

Dans le siécle des Amadis,
On rencontroit des cœurs fidelles ;
Les Sylvandres du tems jadis,
Versoient des pleurs loin de leurs Belles ;
Mais les Amans de notre tems,
En font à croire à leurs Bergeres ;

EPITRE.

On ne voit plus de cœurs conftans,
Ni de Bergers fincerés.

*Ainfi laiffons couler l'onde, puifque nous
ne pouvons pas l'arrêter, quelqu'un trou-
vera peut-être mes réflexions juftes, & n'en
ira pas moins fon traïn. Ne parlons donc
point de Religion fi négligée dans ce jour de
courfes, de complimens & de cérémonies :
Dire qu'on feroit mieux de donner à Dieu
les prémices d'une année, qu'il veut bien
que nous ajoûtions à celles que nous avons
déja paffé, c'eft prêcher à une Coquette la
modeftie, à un Joueur les funeftes effets du
jeu, c'eft dire à un Amant paffionné les dé-
fauts de fa Belle, à un Plaideur outré la
foibleffe de fa caufe, c'eft flatter la Mer
courouffée, c'eft arranguer les Poiffons.*

*Vous ayant entendue, Mademoifelle,
décrier les manieres du monde, qui nous
affujettit fi cruellement à fon cérémonial,
j'ai crû que ces réflexions, quoiqu'écrites à
la hâte, & fans méditation, auroient le
bonheur de ne vous pas déplaire. Connoiffant
bien le jufte mépris que vous faites de tous
ces menfonges, débités avec poids & me-
fures, & de ces honnêtetés myftérieufes, que
ceux qui n'y entendent point fineffe prennent
pour de finceres affections, j'ai voulu vous
faire rire, en vous fuppliant d'être affûrée
que je laifferai paffer le tems des révérences
& des complimens, & vous donnerai le
loifir de vous remettre de la fatigue d'avoir
été la pofte pendant 24. heures dans les
rues, pour avoir l'honneur d'aller chez vous,*

EPITRE.

vous renouveller de vive voix les tendres sentimens de mon cœur, & protester humblement à vos genoux, en vous baisant la main, que personne dans le monde ne vous fait les souhaits de la nouvelle année de meilleur cœur que moi, qui demande ardemment au Ciel, que vous couliez des jours continuellment heureux en santé, dans les doux plaisirs, dans la joye, & parmi l'aimable abondance, & que les Parques n'ayent aucune puissance sur vos beaux jours.

Je le prendrois avec vous sur un ton plus serieux, si je n'avois l'heureux avantage de vous connoître depuis long-tems amie de de la sincérité. Ainsi sçachant que vous n'aimez ni les Cérémonies, ni les Complimens, surtout ceux de la nouvelle année, dont le cœur n'est presque jamais d'intelligence avec les paroles, vous trouverez le mien bon, je pense.

Puisqu'il n'est point le fruit d'un éloge apprêté,
Non, l'esprit n'a pas part à mon sincere hommage ;
Il est du cœur le pur langage,
Le langage du cœur est toujours écouté.

Je me retire de votre présence avec respect, & vous supplie très-humblement d'accepter le petit présent que je vous envoye, il ne mérite pas qu'on en fasse le catalogue, puisqu'il n'est composé que de l'histoire amoureuse de deux Anglois que j'ai revûe & corrigée, que de quelques conseils interres-

EPITRE.

ſans de l'Amour & de l'Amitié; & enfin
d'un Voyage que ces Maîtres de l'Univers
ont fait exprès pour vous. Soit dit ſans va-
nité, il vous doit être bien doux que l'on
engage ces Dieux qui voyagent rarement
enſemble, à s'accorder. Faſſe le Ciel, que
la main de celui qui vous aime & vous
adore, & qui les raſſemble aujourd'hui
pour vous ſeule au milieu de ſon cœur, ſoit
aſſez heureux que de ne vous déplaire jamais. Que pour vous la Déeſſe de Cythere
forme une chaîne d'Amour ſans fin, & de
plaiſir ſans peine. Puiſſiez-vous être autant
aimé & adoré, que vous êtes aimable &
adorable. Ah! vous aurez lieu d'être con-
tente de l'Amour & de votre tendre A-
mant. Je le ſerai du bonheur de vos jours
& de vos plaiſirs, qui avec les miens ſont
la choſe du monde qui me touche davantage. Je ſuis avec tous les ſentimens d'amitié, de tendreſſe & de reſpect que vous
méritez, & que je ne puis aſſez vous ex-
primer, tant ma paſſion eſt forte:

Votre très-humble, très-obéiſſant,
& très-fidele ſerviteur.
A. S. L.

VOYAGE DE L'AMOUR ET DE L'AMITIÉ

AUX ETRENNES.

Imitation en Profe de l'Ode III. d'ANACREON, & de celle de M. DE CHAULIEU.

PARTIE I.

L'AMOUR partant de Cithere pour fe rendre auprès de Celimene, inquiet, timide, & n'ofant pas fe hafarder feul à Paris; venez, dit-il à l'Amitié, venez ma chere Sœur, fervir de guide à votre Frere. Je ne veux point qu'aujourd'hui l'on dife que la folie accompagne l'Amour. Chacun de nous a fes avantages. Je vous prêterez mon arc, mes flêches; prêtez-moi auffi votre air fage, & cette tendreffe véritable dont la folidité n'eft pas moins aimable que ma vivacité.

Cela dit, les Dieux fe prêtent auffitôt leurs agrémens. Ils partent, fur leur paffage quels prodiges ! quels changemens ! Les Bergeres ne font plus cruelles, ni les Bergers perfides. Les Amis fe raniment, les Cœurs fe renflamment, les Rivaux difparoif-fent, & l'Indifférence au regard trifte fent rechauffer fon indolence & fa froideur aux approches de l'A-mour.

Tandis que les Dieux traverfent les airs avec diligence la Nuit déployant fon voile, déroba à la Terre les Cieux. Celimene cependant livrée aux char-mes flateurs d'un doux fommeil gou-toit dans le fein de Morphée les dou-ceurs du repos, quand tout-à-coup la Belle entend faire du bruit à fa porte. Reveillée en fur-fault, qui frappe, dit-elle ? C'eft moi, c'eft un Enfant tranfi, ne craignez point ; ou-vrez-moi, la nuit m'a furprife.

Celimene attendrie fe leve, defcend une lumiere à la main, elle ouvre, & voit avec étonnement deux Enfans d'une rare beauté, tremblans de froid, & demi-morts. Elle les monte à fa chambre, & les fait affeoir devant un

A v

grand feu. Quand ils furent rechauf-
fés, que venez vous chercher ici jeunes Téméraires? dit elle en s'adreſſant
à l'Enfant Maître des Dieux.

L'Amour tournant vers elle un regard languiſſant lui dit d'une voix
tendre : Celimene ? Seriez-vous in-
ſenſible aux malheurs d'un Enfant le
plus doux & le plus infortuné qui ſoit
au monde. Je viens avec ma chere
Sœur chercher un azyle à ma miſere
auprès de votre aimable perſonne.
Malheureux ! on me bannit, on me
chaſſe, on me traite de vollage, de
perfide, d'ingrat, & tout innocent
que je ſuis, il n'eſt point d'affront, il
n'eſt point d'injure dont on ne m'accable chaque jour. On diroit que j'ai
troublé tout ſur la terre & dans les
cieux ; cependant quelle calomnie !
Quelle impoſture ! Sans moi les Hu-
mains ne traîneroient qu'une vie lan-
guiſſante, je les fais paſſer des deſirs
aux plaiſirs ; ſans moi, qu'ils ignore-
roient de choſes ! Tant de graces,
helas ! meriteroient de l'Encens, des
Autels ; cependant je vois ces perfides ingrats oublier tous mes bienfaits,

& foutenir que je n'ai pour eux que rigueurs, & que peines. Celimene, vos bontés vous engagent à fecourir ceux qui font malheureux ; votre cœur eft tendre, votre ame eft généreufe, & par un doux affemblage, j'ai vu de tous tems la Bonté compagne fidelle des Graces & de la Beauté.

Pour un Enfant maltraité, dit Celimene en fouriant, votre langage eft bien doux. Avec cette voix plaintive, ce petit air affable, ce teint vif, ne feriez-vous point l'Amour. Je le fuis : mais helas ! Celimene, je n'ofe point vous parler de mon retour. Je fçai, & mes yeux en verfent encore des larmes, je fçai que je fuis la caufe de vos tourmens, & de vos déplaifirs. Celimene ! qui fit votre douleur, doit faire votre joye aujourd'hui. Auffi viens-je exprès de la part de Venus ma Mere vous offrir un cœur digne de toute votre tendreffe. Comme il n'eft point aujourd'hui, hormis vous, d'objet digne de lui, ce cœur eft fait pour le vôtre, acceptez-le, rien au monde ne lui eft fi cher que vous. Il vous aime, il vous ado-

re, ah! combien de fois l'a t'il fait re-
péter aux échos d'alentour. Hier encore aſſis à l'ombre d'un hêtre, Pan
fut ému des doux ſons de ſon chalu-
meau leger, Flore en fut attendrie,
& les Zephirs en étoient jaloux, mais
ſa gloire, Celimene, peut-elle être
complette, s'il n'attendrit point votre
cœur? C'eſt vous qu'il veut toucher..
Que lui ſert de chanter, ſi vous dé-
daignez de l'entendre. Que ſes cha-
lumeaux ceſſent de ſoupirer, s'ils ne
plaiſent point à l'objet que ſon cœur
adore. En vain leur douceur char-
meront les Immortels, ſi vous leurs
refuſez un ſouris gracieux. Celimene,
au nom de Venus qui m'envoye, &
qui veut vous rendre heureuſe pour
toujours, prononcez favorablement
ſur le ſort de l'Amant que je vous offre, tant que vous vivrez, vous le
verrez ravi de regler tous ſes vœux
ſur vos deſirs, & faire de ce qui vous
plaît ſes plus doux délices.

Le moyen, dit Celimene, d'ajou-
ter foi à vos diſcours : cruel? n'eſt-ce
pas vous qui ſur cet eſpoir frivole
m'avez trompé tant de fois? Neſt-ce

pas vous, ah Perfide ! N'eſt-ce pas
vous qui m'avez tiré d'une paix dou-
ce & profonde, pour me précipiter
ſans regret dans un abîme de malheurs.

J'en conviens. La douceur & la
vérité ne ſont pas toujours mon partage, repond douloureuſement l'A-
mour; mais je ſuis ſûr que la caution
que j'ai amené avec moi, va raſſurer
votre cœur, & le convaincre de ma
ſincérité. L'Amitié, ma chere Sœur,
que vous voyez auprès de moi, s'engage de tenir toutes les promeſſes
que je vous fais.

Puiſſant Dieu, dit Celimene, baiſ-
ſant les yeux & rougiſſant avec grace, ſans l'Amitié je n'accepte point
le cœur que vous m'offrez, avec elle
je le reçois; & ſans vous faire atten-
dre ici plus long-tems tous deux, ſi
votre Sœur veut bien répondre de
joindre la vériré aux ſermens que
vous me faites, j'accepte, Amour,
avec plaiſir, le cœur que votre Mere
m'envoye & je ſigne les articles.

CONSEILS DE L'AMOUR

ET DE L'AMITIÉ.

Aux jeunes Perfonnes de l'un &
l'autre Sexe.

I.

AU premier jour que cet An nous
ramene,
Où le Soleil retourne fur fes pas,
Maints Courtifans à Paris, Rome &
Vienne,
Se donneront des baifers de Judas.
Tels feront ceux d'Ulyffe, Polypheme,
D'Ezon, Tantale, Ixion & Midas,
Plus d'un Amant vous baifera de même,
Jeunes Beautés, ne vous y fiez pas.

II.

Que l'Aveugle Divinité
Vous éleve au haut de fa rouë,
Qu'elle vous plonge dans la bouë,
Gardez la même égalité.
Ce n'eft pas l'éclat des richeffes
Qui doit enfanter les tendreffes,
Ou qui doit en rompre le cours.
Qu'un plus beau motif vous excite,
Quand on s'aime pour le mérite,
On ne peut que s'aimer toujours.

I I I.

Des Dieux vous êtes les images,
Jeunes Beautés ! Vous meritez nos vœux.
Les Mortels font trop heureux
Quand vous acceptez leurs hommages.
Profitez-bien des faveurs des Amours,
Jouiffez de vos avantages,
On eft tendre dans tous les âges,
Mais on ne charme pas toujours.

I V.

Songez , jeunes Beautés , qu'une naif-
    fance illuftre
Des fentimens du cœur reçoit fon plus
    beau luftre
Pour les faire éclater , il eft de fûrs
    moyens,
Et fi le Sort cruel vous a ravi les biens,
D'un plus rare tréfor enviant le partage,
Soyez riches en vertus , c'eft là votre
    appanage.   *T. D.*

V.

La Modeftie eft toujours la marque
du vrai merite.

C'est par la modeftie qu'on voit la
    différence
Du mérite apparent au mérite parfait;
L'un veut toujours briller , l'autre brille
    en effet ,
Sans jamais y prétendre , & fans même
    le croire ;
L'un eft fuperbe & vain ; l'autre n'a
    point de gloire ,

Le faux aime le bruit, le vrai craint
    d'éclater ;
L'un afpire aux égards, l'autre à les
    mériter.
Je dirai plus : les gens nés d'un Sang
    refpectable
Doivent fe diftinguer par un efprit affa-
    ble,
Liant, doux, complaifant, au lieu que
    la fierté
Eft l'ordinaire effet d'un éclat emprunté.
La hauteur eft partout odieufe, impor-
    tune,
Avec la politeffe, un homme de fortune
Eft mille fois plus grand, qu'un Grand
    toujours gourmé,
D'un limon précieux fe préfumant for-
    mé.
Traitant avec dédain, & même avec
    rudèffe
Tout ce qui lui paroît d'une moins noble
    efpece,
Croyant que l'on eft tout, quand on eft
    de fon fang,
Et croyant qu'on eft rien, au-deffous de
    fon rang.   *D. T.*

V I.

Le véritable Amour.

Le long d'un mur étoient perchés
Deux Colombes contens & fidelles.
Les yeux l'un fur l'autre attachés,
Ne déployant qu'un peu leurs aîles.

Un Moineau plein d'activité
Ou plutôt plein de pétulance
Traitoit cette tranquillité
D'inquiétude, d'indolence,
De dégoût, de caducité.
Parles mieux de notre tendresse,
Dit la Colombe avec douceur;
L'Amour est moins pour nous
Une courte carresse,
Qu'un long épanchement de cœur.

VII.

BELLE Iris vivez comme les autres,
A quoi bon, tant subtilifer ?
Songez qu'il est plus favorable
D'être de la Cohorte aimable
Que commande le tendre Amour,
Que de languir dans la Brigade
Où la Raison en embufcade
S'oppofe au plaifir nuit & jour.
Qu'elle gloire pour la Folie
Lorfqu'elle verra dans vos yeux
Eclater ce feu précieux,
Fleau de la Melancolie !
Pour Momus quel fujet d'honneur
Lorfque foumife à la Tendreffe
Vous cherirez votre Vainqueur.
Quel défefpoir pour la Sageffe !
Alors vous comprendrez, Iris,
Qu'il faut profiter du bel âge,
Et que dans la faifon des ris,
C'eft être folle d'être fage.

CARACTERES

D E

L'AMOUR ET DE L'AMITIE

O U

HISTOIRE DE DEUX ANGLOIS

Pour l'instruction des Jeunes Gens.

PARTIE II.

JAmais la France ne se vit réduit en un état aussi malheureux que celui où elle fut sous le regne de Charles VI. Ce Prince a qui un coup de soleil plûtôt qu'une vision extraordinaire avoit fait tourner la téte près du Mans, tomba dans une veritable demence, & ce malheur eut de terribles suites.

Le Duc d'Orleans frere du Roi, & le Duc de Bourgogne son oncle, voulurent chacun posseder la regence du Royaume qui étoit due au premier, comme plus proche parent du sang Royal, & en vinrent à une guerre ouverte, qui causa un desordre si prodigieux, que de vils artisans se firent chefs de partis, & que le bourreau méme eut bien l'insolence de toucher dans la main du Duc de Bourgogne.

Cependant il se platra une paix entre

ces deux Princes, mais le Duc de Bourgogne étant mort, Jean son fils qui succe-
da à sa haine aussibien qu'à ses États, jaloux de la grande autorité du Duc d'Orleans son cousin germain, le fit assassiner
par dix meurtriers à Paris comme il sortoit
de chez la Reine qui logeoit à l'Hôtel de
la Barbette.

Charles VII. fils du Roi Charles VI.
devenu Dauphin de Viennois par la mort
de ses quatre freres, vangea celle de son
oncle par le meurtre de Jean Duc de Bourgogne qu'il fit assassiner sur le Pont de
Montreau par Tannegui du Chatel & quelques autres Gentils-hommes dans une en-
trevue qu'il eut avec lui.

La France cruellement dechirée par ces
factions domestiques, vit mettre le comble
à ses malheurs à la bataille d'Azincourt
où les Anglois defirent le grand Connéta-
ble Charles d'Albret. Il y demeura plus de
dix mille François sur la place avec près
de deux mille cavaliers. Plusieurs Princes
du Sang y furent faits prisonniers : les Anglois ne perdirent que quatre cens hommes.
Ils s'emparerent ensuite de la plus grande
partie du Royaume, dans lequel ils posse-
doient déja la Guienne & la Normandie.

Izabeau de Baviere, belle femme, mais
ambitieuse Reine, & cruelle Mere, pour
ne point tomber sous la puissance de son
fils qui avoit rompu avec elle, obligea
Charles VI. à le desheriter, & à choisir
Henri V. Roi d'Angleterre pour son suc-
cesseur.

Elle pouffa fes injuftices plus loin. Elle le fit ajourner à la Table de Marbre pour y repondre fur le meurtre de Jean Duc de Bourgogne, & faute d'y avoir comparu, elle le fit condamner à être banni du Royaume, & declaré indigne de fucceder.

Charles VII. appella à Dieu & à fon épée de l'Arrêt injufte de fon Pere, & du denaturel de fa Mere. Auffi en tira-t-il bientôt du fecours, & celui qu'on appelloit par dérifion Roi de Bourges, fe vit bientôt maître de la France.

Il y a toûjours eu entre les François & les Anglois une émulation qui femble rendre ces deux Nations rivales l'une de l'autre. Ces derniers enflés de leurs heureux fuccès, faififloient avec empreffement les occafions de mortifier les autres. Ils les traitoient avec une hauteur & une fierté infupportable à la nation Françoife : Ceux-ci fouffroient ces fâcheux hôtes avec la plus vive impatience, mais il falloit s'accommoder au tems.

Parmi les Anglois qui étoient à Paris, il y en avoit deux qui étoient paffés en France prevenus contre la nation, comme le refte de leurs Compatriottes. Ils étoient amis intimes, compagnons d'étude, & camarades de guerre. Ils ne fe quittoient jamais ; tous deux braves, bienfaits & des meilleurs Maifons d'Angleterre. Mais dont l'humiliante fortune ne repondoit pas à la haute naiffance. Je ne vous dirai point quel étoit leur emploi, s'ils étoient volontaires ou Officiers, & cela n'eft pas de grande confequence à fçavoir.

L'un s'appelloit Wolfey, l'autre Park. Wolfey étoit grand, beau, bienfait; il avoit la jambe fine, la demarche affurée, l'air fier, les manieres nobles, l'efprit vif, plus orné qu'on ne l'avoit ordinairement dans ce tems-là. L'humeur enjouée & qui n'avoit rien de la ferocité de fon pays; il étoit en un mot le plus agréable & le plus amufant de tous les hommes. Park étoit plus petit, mais bien proportionné dans fa taille; les plus beaux cheveux du monde accompagnoient un vifage charmant. La plus belle Perfonne du fexe eut envié fes yeux vifs, fon tain de roze, & fes dents qu'il avoit plus blanches que de l'yvoire. Il étoit plus ferieux & plus melancolique que fon ami, mais il ne lui cedoit en rien, ni dans les manieres obligeantes, ni dans l'efprit. Ils étoient l'admiration & l'objet des defirs des belles de France, mais des Anglois s'abbaiffer à elles, ils n'étoient pas gens à le faire, & croioient bien mieux employer leur tems à la chaffe ou au jeu.

On ne les voyoit dans les cercles qu'en paffant, & lorfqu'ils ne pouvoient s'en difpenfer par bienféance; encore les converfations fe paffoient-elles en complimens generaux, beaucoup de politeffe, & rien de particulier.

Ce procedé inoui piquoit fort nos belles. Il n'y en avoit pas une qui n'eut voulu vanger l'honneur du fexe, & de la nation fur les infenfibles Anglois. Il faut le dire à la louange de ces indifferens, elles ne s'y prenoient pas mal. Elles eurent pourtant bien de la peine à les apprivoiſer. Il leurs en coûta des avances, & des declarations; mais malheureuſement ce ne furent pas celles qui firent le plus d'effort pour les vaincre, qui profiterent de leurs défaites. Ce fut une jeune Perſonne qui ne ſongeoit à rien moins qu'à eux, & qui prevenus d'autres ſentimens, auroit vû tous les Anglois du Monde, ſans attenter à leur liberté.

Un jour que nos deux Anglois étoient à l'Egliſe, ils virent entrer pour la premiere fois une Dame en grand deuil; elle paroiſſoit avoir trente ans au plus, & l'on deméloit à travers ſon ajuſtement lugubre qu'elle étoit extremement belle. Grand air, blancheur, embonpoint, douceur des contours, éclat, délicateſſe des chairs, rien ne manquoit à cette charmante Perſonne pour émouvoir les ſens. Tous les regards ſe tournerent auſſitôt ſur elle, mais elle n'eut pas le plaiſir de s'en applaudir long-tems. Une jeune Demoiſelle qu'elle avoit avec elle, & qui étoit ſa fille, fixa ſur elle la ſurpriſe & les yeux de toute l'aſſemblée. C'étoit la Beauté même: ce mot m'épargnera le détail d'une plus ample deſcription.

Wolſey la regarda d'une maniere aſſés froide en apparence. Park n'en fit pas tout-à-fait de même. Ne ſçais tu point le nom de ces Dames, dit-il à ſon ami? Moi répondit Wolſey non. Que t'importe? Pas grande choſe, reprit Park; un ſimple mou-

vement de curiofité m'engage à te faire
cette demande. D'où diantre donc veut tu
que je les connoiffe, dit Wolfey ? je fuis
toûjours avec toi, & voici la premiere
fois que nous les voyons. Ils fortirent là-
deffus ; Park fe retourna trois ou quatre
fois pour la regarder. Wolfey s'en ap-
perçut.

Ah ! ah ! dit-il l'inconnue t'a donné dans
les yeux. Mon cher ami ! adieu la fran-
chife, adieu nos plaifirs. Si tu deviens
amoureux, tu deviendras en même tems
fi fot, & fi ridicule, qu'on ne pourra plus
te fouffrir. Pour moi je t'avertis que fi cela
eft, je renonce à ton amitié. Que dira-t'on
de toi en Angleterre, fi l'on fçait que tu
t'es laiffé prendre de belle paffion pour
une Françoife. Tout ce qu'on voudra répondit Park en foupirant, mais fi j'avois à
devenir amoureux à Paris, ce ne feroit
pas cela qui m'en empêcheroit. Je puis
pourtant te protefter qu'il n'en eft rien.

Ma foi reprit Wolfey j'en fuis charmé;
embraffe-moi cher ami : tu n'aime point
l'inconnue ? Eh bien, je te declare moi
que je l'aime à l'adoration. J'aurois été
au defefpoir d'avoir quelque chofe à dé-
mêler avec un autre moi-même, ainfi me
voila en repos de ce côté là.

Tu railles toûjours, dit Park c'eft ton
caractere. Je ne veux rire de mes jours
reprit Wolfey, fi je ne te parle ferieufe-
ment & du fond du cœur. Je ne te le con-
feille pourtant pas, dit Park car en ce cas-
là je fuis ton rival, & tu fçais que l'amour

plus fort que l'amitié n'en respecte pas
les droits. Crois moi mon cher Wolsey,
soyons bons amis, & ne viens pas mal-à-
propos me traverser dans une passion ou
ton cœur n'a aucun intérêt. Je veux que
le Ciel me confonde, repondit Wolsey, si
je n'adore & si je n'aime l'inconnue plus
que moi-même. Mais repliqua Park je
l'ai aimé le premier, & je dois avoir la
préference. Cela ne se peut pas dit Wolsey, car je l'ai aimé dans l'instant même
que je l'ai vû avant toi, ou du moins aussi-
tôt, tu ne peut tout au plus prétendre
qu'être de même datte. Il faut donc cesser
de nous voir, & d'étre amis, s'écria Park,
puisque nous commençons d'étre rivaux.
Je te laisse le choix, tu n'as qu'à voir. Ou
renonce à l'Inconnue, ou romps avec moi.
Que tu es simple, dit Wolsey en souriant,
de t'imaginer que nous cesserons d'être
amis parce que nous serons rivaux. Non
mon cher Park! je le jure par le Ciel &
par la Terre que rien au monde ne sera
capable de troubler notre intelligence. La
mort pourra bien nous separer, mais non
pas nous desunir. Nous tacherons de de-
couvrir quelle est la charmante Personne
pour qui nos cœurs soupirent; nous lui
ferons visite, nous lui parlerons de nos
tendres sentimens pour elle, nous nous
efforcerons de la toucher & de la rendre
sensible. Nous nous renderons compte sin-
cerement des progrès que nous aurons
faits sur son ame. Le moins heureux se
retirera, & de peur de donner de l'ombrage

à

à l'autre, il retournera tranquillement en Angleterre. Voilà comme deux amis véritables doivent en agir. Parles, cela te convient-il ? La partie n'est pas égale, répondit Park : cependant je l'accepte. Tu as plus de mérite que moi ; mais je sens que j'aurai plus d'amour, & ce penchant balancera ton mérite.

Ainsi finit cette conversation. Je ne sçais si ces sortes d'accommodemens étoient alors, & s'ils sont encore aujourd'hui du goût de la Nation. Je n'insisterai pas là-dessus ; mais il est certain que telles furent les conventions extraordinaires de ceux dont je parle, & qu'ils les garderent très-scrupuleusement, comme on le verra par la suite de l'histoire.

L'accord fait, ils allerent travailler de bonne foi à l'exécuter ; ils commencerent par faire une recherche exacte du nom & de la demeure de la belle inconnue.

Madame la Comtesse de M. dans les premieres douleurs d'un veuvage cruel, passoit ses beaux jours dans la retraite, & ne voyoit personne. Elle venoit de perdre malheureusement son époux à la bataille d'Azincour. Personne n'ignore les circonstances honorables de sa mort, ou plutôt du sacrifice qu'il y a fait de sa personne au service de son Prince, & à l'honneur de sa Patrie. Les Terres de cet illustre Seigneur étoient situées en Picardie. A peine sa malheureuse épouse avoit-elle pû se sauver avec sa fille & quelques bijoux, restes déplorables d'une fortune brillante. La maison composée d'un très-petit nombre de domestiques étoit moins accessible que

B

cette tour où fut enfermé autrefois Danaé : ainsi quelques peines que priſſent ce jour-là nos deux Anglois, ils ne purent en apprendre des nouvelles.

Heureuſement ils découvrirent que Me la Comteſſe & Mlle ſa fille devoient retourner le lendemain dans la même Egliſe où ils les avoient vûes la premiere fois. Me & Mlle de M. y étoient déja. A peine purent-ils percer la foule qui les environnoit : ils firent tant néanmoins, à force de pouſſer, qu'ils ſe trouverent en place de les voir, & d'en être vûs. Mlle de M. leur parut encore plus belle que la veille, & plus digne de leurs hommages & de leurs adorations. Les moins clairvoyans s'apperçurent de leur extrême application à la regarder, & celles qui s'intereſſoient à eux, la remarquerent avec chagrin. Quoi, tous les deux, diſoient-elles en colere, ſe ſont laiſſé prendre aux charmes de cette nouvelle venue : ce que nous avons tâché inutilement de faire pendant plus de ſix mois, elle l'aura fait en un jour ! Le trait eſt noir, & n'eſt pas pardonnable ; mais il ne ſera pas dit que ſa conquête ne lui ſera pas diſputée. Nous verrons ſi la ſimplicité de cette Agnès l'emportera ſur notre expérience conſommée, & ſi les cœurs de ces ingrats nous échapperont.

Wolſey & Park n'entendoient rien de ces diſcours menaçans, & ne ſe ſoucioient pas beaucoup de les entendre. Cependant la Comteſſe de M. ſe débarraſſant un peu des voiles ſombres qui cachoient ſes beaux yeux, les arrêta deux ou trois fois ſur Wolfey, qui occupé de fa fille feule, ne fongeoit point à elle. Ces regards n'échappérent pas à Park: il fut chármé que Me de M. fût éprife du mérite de fon ami. Cette heureufe découverte lui fit concevoir de merveilleufes efpérances. Wolfey, difoit-il en lui même, deviendra peut-être amoureux de la mere, qui mérite encore les foins, les regards, les foupirs & les pleurs d'un galant homme, & me laiffera le champ libre auprès de Mlle fa fille, ou bien nous nous fervirons avantageufement de la prévention où elle eft pour nous procurer un accès libre chez elle. Pendant qu'il faifoit ces douces réflexions, & que fon ami ravi en extafe tenoit toujours fes yeux fixés fur Mlle de M. la mere & la fille fortirent plutôt qu'ils n'auroient fouhaité.

Un domeftique fidele qu'ils avoient avec eux fut détaché pour les fuivre, afin d'apprendre leur nom & leur demeure, & venir leur en rendre un compte exact.

Le meffage fut court & heureux. Ils fçurent qu'elles demeuroient dans une petite rue auprès du Palais. C'eft quelque chofe, dit Wolfey, de fçavoir qui eft celle que nous aimons. Mais fi elle eft retirée, irons-nous forcer fa maifon pour la voir & pour l'entretenir ? L'expédient feroit prompt, mais il feroit un peu violent.

Je fçais, répondit Park, un moyen plus doux & plus honnête pour nous y introduire. Je fuis fort trompé fi Me de M. ne feroit pas un peu tentée de fe relâcher de l'auftérité de fon veuvage en faveur de ta bonne mine. Pour peu que tu vouluffe avoir la complaisance de cultiver un peu les bonnes dispositions où je la crois pour toi, rien ne seroit plus facile que de t'en faire écouter. Plaire à la mere n'est pas un médiocre avantage, quand on aime la fille.

Si bien donc, interrompit brusquement Wolsey, que tu voudrois que je fisse les yeux doux à Me de M. & que j'en devinsse amoureux. Ah! parbleu ç'en est trop! non content que j'aye souffert que tu entrasse en concurrence avec moi pour Mlle sa fille, tu prétends encore me donner une entiere exclusion : cela n'ira pas de même, je t'en assûre ; j'y mettrai bon ordre. Park, ce n'est pas là le moyen d'être long-tems amis.

Mon Dieu, répondit-il, pour un homme d'esprit, que tu prends mal les choses! Qui te parle d'être amoureux de Me de M. & de renoncer à Mlle sa fille ? Je te dis seulement d'avoir quelque complaisance pour elle, de gagner sa confiance ; en un mot, d'aller à la fille par la mere. C'est un conseil que je t'ouvre en ami, & en homme désinteressé : tu te cabres mal-à-propos ; tant pis pour toi ; je te plains : veux-tu que nous rompions ensemble ? dis, j'y consens.

Diantre, reprit Wolsey, que tu es vif! Eh bien, cher ami! pour que tu n'aye rien à me reprocher, je veux suivre ton conseil, & dès la premiere occasion favorable, je me mets au rang des adorateurs de Me de M. Je vais faire le passionné, le jaloux auprès d'elle, supposé que j'aye à disputer la conquête de son cœur avec quelque rival. Mais

ñ j'allois prendre du goût pour ſa perſonne ;
je te prie au nom de l'amitié qui eſt entré
nous, de m'avertir que je me trompe, &
que c'eſt de Mlle ſa fille, & non pas d'elle,
que je dois être paſſionné ; ſans cette clau-
ſe, marché nul.

Ils furent quelque tems ſans pouvoir
exécuter leur projet. Me de M. fut obligée
de garder la chambre pour quelque legere
indiſpoſition. Mlle ſa fille lui tenoit compagnie tout le jour : ainſi ils en paſſerent quatre ou cinq ſans la voir. Il étoit vrai que la
tendre Comteſſe avoit rendu juſtice au mérite de Wolſey, & qu'elle avoit pris du
goût pour ſa perſonne. L'impatience de for-
tifier ce goût en le voyant encore, hâta ſa
guériſon.

Park s'impatientoit fort de la longue diſ-
parition de Mlle de M. Wolſey en étoit au
déſeſpoir. En vain ils rodoient du matin au
ſoir autour de ſa maiſon : les fenêtres n'en
donnoient point ſur la rue : la porte en étoit
toujours fermée ; Mlle de M. étoit inviſible.
En vain ils tâchoient de ſe conſoler l'un
l'autre : leurs mutuelles conſolations étoient
mutuellement inutiles.

Qu'eſt devenu ton enjouement, de-
mandoit Park à ſon ami ? toi qui parlois
comme quatre, & qui riois, pour ainſi dire
de rien : te voilà plus ſérieux qu'un Miniſtre
d'Etat ; à peine dis-tu quatre paroles en
toute une journée. Mais toi, lui répondit
Wolſey, crois-tu mieux valoir que moi.
Tu n'étois que ſérieux autrefois ; à préſent
tu es plus ſombre & plus défait qu'un Débi-
teur qu'on traîne en priſon. C'eſt que j'ai-

me, difoit Park; c'eft que j'aime auffi, répondoit Wolfey.

Ils n'avoient pas tort de fe reprocher leur métamorphofe: car en vérité ils étoient tout différens d'eux-mêmes. Plus de promenades, plus de jeux, plus de chaffe, plus de parties de plaifir. On peut dire qu'ils étoient fils de la Trifteffe: leur barbe étoit longue, & leurs beaux cheveux négligés; ils étoient chagrins contre eux-mêmes; rien ne pouvoit les confoler; ils fuyoient toute forte de fociété, & ils étoient invifibles à tout le monde: ils ne s'occupoient que de leur amour. Les premiers momens d'une paffion naiffante font tumultueux; il n'y a gayeté qui tienne; quand le cœur eft dérangé, l'efprit l'eft auffi.

Tandis qu'ils traînent leur languiffante vie partagée entre les foupirs, la rêverie, les inquiétudes & l'impatience; tandis qu'ils fentent le plus de dégoût pour les chofes qui leur étoient les plus agréables, il fe fit une fête chez une Dame de leur connoiffance; ils y allèrent, parce que ne fe trouvant bien nulle part, ils crurent qu'ils ne s'y trouveroient pas plus mal que chez eux.

Les malheurs publics n'interrompent point les divertiffemens particuliers; ils en retranchent le fafte, mais ils n'en ôtent point l'agrément. On joue à la vérité plus petit jeu; on fe régale avec moins de profufion, mais on ne laiffe pas de jouer & de fe régaler.

La fête commença par un concert. La mufique fut affez bonne pour le tems, quoique je m'imagine que ce ne fut pas grand chofe.

Pendant ce concert Wolſey ſe trouva placé auprès d'une belle Dame, à qui Park n'étoit point indifférent : elle l'attaqua de converſation, & lui fit pluſieurs demandes auſquelles le diſtrait Anglois répondit très-laconiquement. Qu'avez-vous, lui dit-elle ? Je vous trouve tout autre qu'à votre ordinaire. Je n'ai rien, Madame, dit Wolſey : la Muſique rend ſérieux. Mais elle ne rend pas ſombre & mélancholique comme vous êtes. Vous avez des chagrins particuliers, dont vous me faites myſtere. Pardonnez-moi, Madame ; mais on ne peut pas toujours rire : les mortels ſeroient trop heureux, s'ils pouvoient en tout tems avoir la même égalité d'humeur & d'eſprit. Vous direz tout ce qu'il vous plaira, repliqua t-elle : je veux être de vos amies malgré vous, & ſçavoir ce qui vous fait de la peine. Je ne ſuis peut-être pas d'un ſi mauvais conſeil, que vous ne vous trouviez bien quelque jours de m'avoir conſulté.

Eh bien ! Madame, puiſque vous le deſirez ſçavoir ? je ſuis amoureux. Vous, amoureux ! interrompit-elle : & de qui ? & où ! en France, à Paris, répondit Wolſey, & d'une jeune perſonne qu'on appelle Mlle de M. Et cette jeune perſonne n'a pour vous que des rigueurs, dit la Dame en riant. Non pas, reprit-il, ce qui m'accable de douleur, c'eſt que je n'ai aucune habitude auprès de Me la Comteſſe ſa mere ; qu'à peine ſçais-je où elle demeure, & que je ne vois pas quand & comment je pourrai lui déclarer les tendres ſentimens de mon cœur pour elle.

Mais, dit la Dame furprife, parlez-vous férieufement? En vérité la chofe me paroît nouvelle, & je ne me ferois jamais attendue à une femblable confidence. Vous, amoureux! cela n'eft pas poffible. Poffible ou non, répondit Wolfey, qui commençoit à s'échauffer, il n'y a pourtant rien de plus vrai. Cela étant, repartit la Dame, ne vous défefperez point. Me de M. eft de mes bonnes amies, je m'offre de vous rendre auprès d'elle tous les fervices qui dépendront de moi; mais à charge de revanche, & que ce que je ferai pour vous auprès de fa perfonne, vous le ferez pour moi auprès de Park. Je l'aime; & l'infenfible jufqu'ici n'a pas daigné s'en appercevoir.

Auprès de Park, dit Wolfey; Madame, cela n'eft pas dans les conventions que nous avons faites enfemble. Comment dans vos conventions, interrompit la Dame, je ne vous entends pas, expliquez-vous, je vous prie.

C'eft, dit-il, que Park eft auffi amoureux que moi de Mlle de M. & que nous nous fommes promis réciproquement de l'aimer chacun de notre côté, & de la céder au plus heureux. Ainfi, Madame, vous voyez par l'aveu fincere que j'ai l'honneur de vous faire, que je ne puis profiter du fecours que vous avez la bonté de m'offrir, fi vous ne me faites en même-tems la grace de vous relâcber des conditions auxquelles vous me les offrez. Je dis plus; fi vous ne vous engagez de travailler pour Park également comme pour moi.

Vous plaifantez, répondit la Dame en

riant d'une maniere forcée. Je suis bien
bonne d'écouter toutes vos imaginations,
& je trouve fort extraordinaire que vous
me choisissiez pour vous servir de diver-
tissement.

Vous me fâchez sensiblement, Madame,
répondit Wolsey, j'en suis au désespoir; mais
je veux mourir dans le moment, si je ne vous
ai pas dit la vérité ; demandez-le plutôt
à Park, lorsque vous lui parlerez. Je suis
un homme incapable de dire une chose pour
une autre, sur-tout à vous, Madame, que
j'honore & que je respecte infiniment.

Park de son côté soutenoit une autre
attaque. Ne m'apprendrez-vous point, lui
dit une Dame, auprès de laquelle il étoit
assis, si votre ami n'a rien dans le cœur.
Il n'est pas naturel qu'à son âge on soit
aussi indifferent qu'il le paroît.

Il ne l'est pas non plus, répondit Park,
il se pique au contraire de belle passion,
& d'une fidélité scrupuleuse ; il aime, il
adore, mais c'est en Angleterre.

Vous me surprenez, repliqua la Dame,
& vous me feriez plaisir de me dire quelques particularités des amours d'un homme
de ce caractére.

Madame, dit Park, tout ce que j'en sçais,
c'est qu'il aime éperduement une Angloise;
qu'il ne vit, qu'il ne respire que pour elle,
& qu'il sollicite son retour en Angleterre
avec ardeur.

La Dame dont le cœur n'étoit pas encore
absolument bien déterminé entre l'un ou
l'autre, ne voyant rien à faire avec Wolsey, se tourna du côté de Park. Et vous,

Monfieur , pourfuivit - elle , aimez - vous
auffi en Angleterre, & ne voyez-vous point
d'objet en France qui mérite vos foins ?
J'en fçais auprès de qui ils ne feroient peut-
être pas inutiles.

Ces paroles étoient flatteufes & fignifica-
tives ; mais Park feignant d'avoir l'efprit
bouché, fe retrancha fur une modeftie af-
feftée & fur fon peu de mérite. Les Dames
Françoifes, ajoûta t-il, ont le goût trop fin
& trop délicat, pour diftinguer un pauvre
Etranger comme moi ; & je ne crois pas
qu'il y en eût une feule qui voulût s'abbaiffer à m'honorer d'un regard.

Je vois bien, reprit la Dame, qu'il faut
que je vous faffe toucher les chofes au doigt
& à l'œil. Il y a long-tems, continua-t-
elle, que mes yeux vous difent que vous
êtes le Cavalier le plus accompli, & le
plus aimable qui foit en France. Vous ne
les avez point entendues : j'employe les paroles, pour vous le dire encore. Ce que je
fais n'eft pas autrement dans la regle ; mais
on peut bien s'en écarter une fois en fa vie,
quand c'eft pour une perfonne comme
vous.

La Dame étoit jeune & d'une rare beauté : fes yeux, fa bouche, fes dents & fes
mains fembloient n'avoir été faits que pour
fournir de nouveaux traits à l'amour. Toutes les fois qu'elle ouvroit la bouche pour
parler, il fembloit que les Graces & les Ris
fe jouoient fur les lys & les rofes de fon
vifage. Sa taille étoit fi parfaite, que fi elle
avoit vécu du tems de Phidias, cet incom-
parable Sculpteur l'auroit prife pour le
modele de fa Venus.

Park ému commençoit à trouver hon-
teux pour lui de faire le cruel. Son cœur
s'ébranloit, ses regards s'attendriſſoient, la
Dame alloit triompher, mais l'idée de
Mlle de M. vint tout gâter. Moins ſincere,
ou plutôt moins imprudent que ſon ami,
il ne jugea pas à propos de lui faire confidence de l'amour qu'il avoit conçu pour
elle. Madame, lui dit-il, je vous ai dit que
mon ami étoit amoureux en Angleterre: je
le ſuis auſſi, j'ai même des engagemens
plus forts que les ſiens. Je ſuis marié:
celle que j'ai uni à mes deſtinées eſt moins
belle & moins aimable que vous; mais enfin je l'aime, & je ſens que je ne puis aimer
qu'elle.

Le concert finit, & la compagnie ſe leva
pour paſſer dans une autre ſalle où l'on
avoit dreſſé pluſieurs tables, ſervies avec
autant de profuſion que de délicateſſe de
tout ce que la ſaiſon pouvoit fournir de
plus délicieux.

De retour chez eux, nos deux Anglois
ne manquerent pas de ſe rendre un compte
fidel de leurs avantures. Tu vois, dit Wolſey à Park, que rien n'eſt capable de me
corrompre. Il ne tenoit qu'à moi de mettre
la Dame auprès de qui j'étois, bien avant
dans mes interêts: je n'avois qu'à lui faire
eſperer que tu l'aimerois, elle eût tout fait
pour moi, & peut-être aurois-je eu l'heureux plaiſir de parler dès demain à Made-
moiſelle de M.

Voilà de tes étourderies ordinaires, répondit Park en colere. Que riſquois-tu de
t'engager à me parler pour cette Dame:

l'en eusse-je aimé plûtôt ? parles ! Quel étoit ton dessein en la refusant si brusquement ? De montrer, reprit Wolsey modérement, jusqu'où je porte la délicatesse à ton égard. Fort bien, dit Park, plus échauffé que jamais, nous ne verrons point Mademoiselle de M.... mais nous ne l'entretiendrons point. J'enrage au nom de Dieu, défais-toi de ces délicatesses & de ces rafinemens. Ah ! ah ! repliqua Wolsey, nous-y voici ? Je n'ai jamais rien vû de pareil. Tu ne trouves de bienfait, que ce que tu fais toi-même. J'ai tort, n'est-ce pas ? Oui, dit Park, & plus que je ne sçaurois te le dire. Je suis tenté d'aller moi-même chez cette Dame, & de lui apprendre que tu es un extravagant, & de m'offrir à l'aimer, si elle te veut rendre de bons offices auprès de Mademoiselle de M.... N'en fais rien, répondit Wolsey : si je lui parles par ce canal-là, & que j'en sois écouté, je prétends que nous nous en tenions chacun à nos Conquêtes ; je suis las de toutes ces menées. Eh bien, Park, n'en parlons plus, & prenons d'autres mesures.

Enfin, Madame & Mademoiselle de M.... revinrent à l'Eglise, nos Anglois s'y trouverent, cela s'entend. La Comtesse se dédommagea amplement du long-tems qu'elle avoit passé sans voir Wolsey. Elle n'ôta point ses yeux de dessus lui. Il répondit à ses regards d'assez mauvaise grace. Tout autre qu'une femme extrêmement prévenue, en eût été offensée : elle au contraire, lui tint compte de quelques

coups d'œil indifférens qu'il lui jetta fans
y penfer.

Mlle de M. plus éclatante que la plus
belle rofe qui vient d'éclore, ou que le
foleil dans les plus beaux jours de l'Eté,
ne lui donnoit point le loifir de fonger à
Me fa Mere. Park & lui la decouvrirent
des yeux : mais de quel douleur & de quel
defefpoir n'eurent ils point l'ame atteinte
lorfqu'ils virent auprès d'elle un jeune Cavalier très-bien fait, qui lui parloit d'un
air familier ; lorfqu'ils virent qn'elle lui
fourioit agréablement, & qu'elle le regardoit d'une maniere tendre, fans faire at-
tention s'ils étoient au monde.

Wolfey plus bouillant que fon ami fut
tenté plus d'une fois d'aller lui demander
ce qu'il faifoit la, & de quel droit il parloit
à cette charmante Perfonne. Mais le refpeɛt
du lieu le retint. Tant que dura la Meſſe il
fouffrit tout ce qu'on peut s'imaginer au
monde de plus cruel. Toute la haine qu'il
portoit aux François, en general, il la reu-
nit toute contre ce nouveau rival : il jura
de s'en defaire ou de l'obliger à renoncer
à l'objet de fes vœux. Il n'exécuta pas bien
fon ferment comme on le verra par la
fuite.

Park agité d'une jaloufie auffi furieufe,
ne fe poffedoit pas. Ils revinrent chez eux
fans fe dire un feul mot ; ils fe regardoient
en hauffant les épaules, en faifant des gri-
maces, & des contorfions de frenetiques.
Enfin Wobfey rompit le filence en ces mots
il faut avouer que nous fommes bien malheureux mon cher Park lui dit-il ? Nous

resistons à je ne sçai combien de belles femmes qui ne demandent pas mieux que de nous faire un sort heureux, & pour qui pour une ingratte! pour une petite coquette qui paroit à peine avoir l'âge de raison, & qui à déja un amant de préference, un amant qu'elle favorise à nos yeux. Ce procedé est indigne & nous deshonnore, je me sens de terribles mouvemens de colere & de dépit qui pourroient bien retomber sur elle. Crois moi, cher ami! Vangeons nous de la maîtresse & du rival; tuons l'un, accablons de reproches l'autre, & ne l'a voyons de nos jours.

N'allons pas si vite, repondit Park; je suis aussi desesperé que toi de sçavoir que Mlle de M. est plus sensible pour un autre que pour nous; mais après tout, quel juste sujet avons nous de nous plaindre d'elle; elle ne sçait seulement pas si nous l'aimons, nous ne lui avons jamais parlé.

Comment, interrompit Wolsey, n'est-ce point avoir parlé que de nous être trouvé dix ou douze fois à la Messe auprès d'elle, de l'avoir regardé, & de n'avoir regardé qu'elle tout le tems que nous y avons été. Oh! ma foi, je trouve que c'est avoir plus que parlé, & je te sçais mauvais grè de prendre son parti. Mais parle-moi à cœur ouvert, comment te sens tu pour elle. Plus passionné que jamais repondit Park, & resolu de la rendre sensible, ou de mourir à la peine. Voilà repliqua Wolsey en riant, ce qui s'appelle aimer en Héros. Je ne croiois pas que tu donnasse dans le merveilleux eh bien à toi

pèrmis. Souffre fans te plaindre qu'un rival
la poffede à tes yeux; cours t'expofer à fes
mépris & à fes railleries; vas mourir à
fes pieds d'amour, de langueur, & de
defefpoir. Je ne m'y oppofe pas; mais je
me donnerai de garde de t'imiter.

Je ne ferai rien de tout cela, dit Park.
Je fouffre auffi impatiemment que toi
qu'un rival ait touché le cœur de Mlle de
M. mais avant que de me determiner à
prendre des refolutions auffi violentes que
les tiennes, je veux m'éclaircir fi ce qui
nous paroit une réalité, n'eft point une
ombre. Je veux lui faire l'aveu de ma
tendreffe, fi elle n'y repond pas, tu lui
parlera de ton amour, fi tu n'eft pas mieux
écouté que moi, compte fur ma parole:
le François ne le portera pas loin. Graces
au ciel je fçais me fervir de mon épée,
& moi dit Wolfey je fçais auffi lancer un
trait, & une lance entre mes mains n'eft
pas une arme inutile. Plus d'une fois ce
bras a fçu verfer le fang François, ainfi
je me referve l'honneur de fa mort. Ce
ne fera pas à mon exclufion repondit Park:
nous avons pourtant trop de cœur l'un &
l'autre pour nous mettre deux contre un,
repliqua Wolfey. Ce n'eft pas auffi comme
je l'entends dit Park; mais j'exige de ton
amitié que tu ne t'en mêleras point. Les
armes font journalieres, & fi le combat
doit être funefte à l'un de nous, je ne
veux pas que ce foit à toi. Vis mon cher
Wolfey, vis pour vanger ma mort, &
pour poffeder Mlle de M. je te la cede,
fi c'eft la ceder que de la donner à un
autre moi-même.

Ah! s'écria Wolfey, j'y renonce, s'il faut l'achepter au prix de ta vie. Cher Park! si mes prieres ont quelque pouvoir sur toi ; par les larmes que je répand, par ta main que je tiens embraffé, par les nœuds qui nous lient, par l'amitié qui conferve encore tous les charmes de la nouveauté, & dont tu veux me donner de si genereufes marques, renonce à un deffein si funefte, & ne t'expofe point à un danger que mon bonheur & mon amour me feront furmonter. La mort de notre rival ne changera rien dans nos conditions : tu auras fur Mlle de M. les mêmes droits que tu as aujoutd'hui. S'il faut la ceder, fouffre je te fupplie que je ne la cede que quand je n'aurai plus à la difputer qu'avec toi.

Cette conteftation dura long-tems. Park dit mille chofes pour faire changer de fentiment fon ami, mais il eut beau dire, il fallut lui ceder.

Le Comte d'Emicourt (c'eft le nom de l'aimable Cavalier qu'ils avoient vû avec douleur auprès de Mlle de M.) étoit un jeune homme de 25. ans ou environ. Le Marquis d'Emicourt fon Pére avoit une charge très-confiderable chez le Roi qui l'aimoit. Le fils venoit d'obtenir l'agrement d'un Regiment d'Infanterie. C'étoit un Seigneur aimable, riche, fage, brave, & dont l'unique défaut étoit d'être trop courageux & trop fincere. Le Marquis d'Emicourt & le Comte de M. avoient été long-tems ennemis mortels. Des amis communs les avoient reconciliés & Mlle de M. devoit

Etre le fceau de ce racommodement. Son mariage avec le jeune Comte devoit fe faire inceffamment : la mort du Comte de M. en fufpendit les apprêts. Les affaires de Me de M. fe trouverent fort derangées par cette mort. Mais le Marquis d'Emicourt honnéte homme, avoit donné fa parole, & ne voulut point la retirer. Cette affaire alloit être terminée, dès que la Mere & la fille auroient donnés quelques mois à la memoire d'un Epoux & d'un Pere qui étoit fort regretté.

Mlle de M. regardoit donc le Comte d'Emicourt comme un Epoux, & c'étoit en cette qualité qu'elle le traitoit avec tant de diftinction. Il eft vrai qu'elle n'avoit pas beaucoup de peine à fuivre en cela fon devoir, & que fon cœur y étoit naturellement porté. Nos deux Anglois qui ne fçavoient rien de cette circonftance, & qui n'en auroient peut-être pas été fort embarraffès quand ils l'auroient fçu alloient toûjours leur chemin.

Cependant la Comteffe de M. commençoit à éclaircir fon deuil. Elle rendoit des vifites, & en recevoit. Un jour elle vint chez une Dame de fes amis, où elle trouva les deux Amans de fa fille. La vûe de Wolfey lui caufa des tranfports dont fon vifage fe reffentit. Jamais elle n'avoit été plus Belle, jamais auffi n'avoit elle plus fouhaité de l'être, & jamais elle ne le fut plus inutilement.

Dabord il ne daigna qu'à peine la régarder. Il repondoit à fes civilités d'un air glacé. Mais fon ami fit fi bien par fes fignes, qu'il s'approcha d'elle, & qu'il lui parla. Ce fut d'une maniere si contrainte & si embarrassée que la Comtesse le croyant ébloui par ses charmes, auroit voulu comme le soleil pouvoir se cacher derriere quelque nuage pour en temperer l'éclat. Elle n'oublia rien pour le rassurer, & pour l'en hardir, elle y perdit son tems & sa peine.

Son ami se tiroit mieux d'affaire auprès de Mlle de M. Il avoit trouvé le moyen de l'entretenir, & voyant que le tems étoit précieux, il debuta, mais très-respectueusement, par lui dire qu'il l'adoroit depuis plus de deux mois, qu'il la supplioit fort d'en être persuadée, & de lui apprendre, si comme il avoit lieu de le soupçonner, elle avoit des engagemens avec un Cavalier qu'il avoit vû auprès d'elle à l'Eglise, il y avoit huit ou dix jours. Il ajouta que quelque fut l'amour de ce Cavalier elle n'égaleroit jamais la sienne : que si elle vouloit lui faire la grace de l'écouter, elle n'auroit pas lieu de s'en repentir; mais que quelque fut sa reponse sur la demande qu'il avoit l'honneur de lui faire, il pouvoit l'assurer que rien ne seroit capable de le faire changer; & que heureux ou malheureux il l'aimeroit & l'adoreroit toute sa vie.

Mlle de M. qui avoit entendu dire que Wolsey étoit d'une humeur enjouée, & d'un esprit divertissant, prit Park pour lui, & croiant qu'il vouloit railler, elle lui repondit d'un ton plaisant. Wolsey qui la vit rire, en tira un bon augure. Park s'é-

cria-t'il tout tranfporté de joie, Park où
en fommes nous? Comment vont nos affaires, fommes nous écoutés? parlez tu
pour toi ou pour moi.

Cette faillie étrange deconcerta fi fort
Me de M. quelle ne fçut où elle en étoit.
L'arrivée du Comte d'Emicourt lui donna
le tems de fe remettre. Dès que Mlle de
M le vit, approchez vous, Monfieur, lui
dit-elle en riant, vous avez beaucoup d'efprit, mais vous ne parlez pas fi bien le
langage amoureux que ce Cavalier que
vous voyez auprès de moi. Je voudrois
pour toute chofe au monde que vous euf-
fiez entendu tout ce qu'il vient de me dire
de galant, de tendre, & de paffionné,
vous en auriez été jaloux. Alors fe tournant vers Park qui faifoit affez méchante
figure pendant ce debut: Monfieur, lui
dit-elle, j'efpere de votre politeffe que vous
aurez affez de complaifance pour le repe-
ter. Vous me ferez plaifir, & vous obli-
gerez la compagnie qui perderoit trop de
ne pas entendre de fi jolies chofes.

Park en rageoit, la plaifanterie n'étoit
point de fon gout, mais craignant de paffer
pour ridicule s'il fe fâchoit, & voyant que
tout le monde rioit, il fe mit à rire & à
plaifanter comme les autres.

Là deffus on fe partagea pour jouer,
Park pour ne fe point dementir joua. Wolfey n'en voulut rien faire. Mr le Comte
d'Emicourt refta auffi au nombre des fpe-
ctateurs. L'Anglois le tirant à part, Monfieur, lui dit-il, vous aimez Mlle de M.
cet amour n'a pas le bonheur de me plaire.

J'en fuis fâché lui repondit le Comte, furpris de fon difcours, mais je ne puis qu'y faire. Pardonnez-moi, reprit Wolfey, c'eft de vous defifter de fa pourfuite, & de quel droit, dit Mr d'Emicourt, vous mêlez vous de mes affaires? de quel droit repondit Wolfey échauffé. C'eft que je l'aime, & que m'en croyant plus digne que vous, fi vous ne voulez pas me la ceder de bonne grace, je trouverai le moyen de vous le faire faire de force. Vous repliqua le Comte! je n'en crois rien. Nous verrons dit Wolfey. Quand il vous plaira repondit Mr d'Emicourt. Cependant ajouta-t'il, je vous prie de m'éclaircir fur une chofe qui m'embarraffe. Le Cavalier qui parloit à Mlle de M. quand je fuis entré, n'eft-il pas votre ami. Oui, repondit Wolfey: n'eft-ce point lui qui en eft amoureux pourfuivit le Comte. Cela eft encore vrai, repliqua l'Anglois, & c'eft parce qu'il eft mon ami, parce qu'il eft amoureux de Mlle de M. & que j'en fuis amoureux moi-même que je trouve fort mauvais que vous l'aimiez auffi.

J'avoue, dit le Comte, que je ne comprens rien à tout cela. Oh! oh! reprit Wolfey, je ne fuis pas homme à tant d'explication. Si vous fouhaitez fçavoir le refte, trouvez-vous demain au bord de la riviere, au-deffous de Paris; j'y ferai avec un cheval & une lance. Volontiers, dit d'Emicourt, vous ferez fatisfait. Séparons-nous, & ne faifons pas connoître ce qui vient de fe paffer entre-nous.

Park joua long-tems, & de malheur,

Il y avoit plus d'une heure que Wolfey s'étoit retiré. Lorfqu'il arriva, il le trouva chargeant fon bras d'une lance très-péfante, s'animant à la victoire, & rechauffant fon ardeur martial : Cher ami ! s'écria Wolfey, je me bats demain contre d'Emicourt. Nous allons être défait d'un Rival formidable, puifqu'il a le bonheur d'être aimé. La partie eft liée, il n'y a plus moyen de s'en de dire.

Que j'envie ton fort, lui dit Park. Ah ! que je ferois charmé de pouvoir prendre ta place. Ils fe mirent à table. Wolfey n'avoit jamais été plus vif ni plus enjoué. Il dit cent jolies chofes, qui fufpendirent les frayeurs de fon ami. L'heure venue de fe féparer, ils fe coucherent tranquillement. Wolfey dormit d'un fommeil doux & paifible, & n'eut point de ces fonges prophétiques, dans lefquels on nous dit, que la Nature ou le Génie qui veille fur nos jours, nous font voir les malheurs qui nous menacent. Le lendemain Park l'embraffant de tout fon cœur ; va cher ami, lui dit-il, va fignaler ton amour & ton courage. Puifqu'il ne m'eft pas permis de te feconder, je t'attends ici avec impatience, pour te féliciter de ta victoire.

Paris n'étoit pas alors ce qu'il eft aujourd'hui : on labouroit où nous voyons les plus fuperbes édifices. Ce fut précifément où font les Thuilleries, que le Comte d'Emicourt & Wolfey prirent leur champ de bataille. Ils arriverent prefque en même tems. Le combat fut long, douteux, bien difputé de part & d'autre : la bras voure, l'adreffe, l'émulation, la jaloufie, & l'animofité fe fuccéderent tour-à-tour. L'épée prit la place de la lance. Enfin, quoiqu'il femblât dans ce tems-là, que les Anglois fuffent en droit de battre les François, & d'en triompher; le Comte répara l'honneur de la Nation, & fit de fi grands efforts contre Wolfey, qu'il le fit tomber à fes pieds. Il voulut lui donner la vie, mais fon ame indignée s'en étoit enfuit au féjour des ombres.

Sa mort ne fit pas grand bruit. On voyoit tous les jours des duels plus fanglans; & fouvent de dix hommes qui s'étoient battus cinq contre cinq, il en reftoit fix ou fept étendus fur la place.

Park, le feul Park en fut au défefpoir, il fondit en larmes fur le corps de fon malheureux ami, & voulut fe donner la mort fur lui pour en être inféparable. Mais fongeant que s'il fe tuoit Wolfey ne feroit point vangé, il fe referva pour le faire, en fe contentant de le pleurer & de le faire enterrer le plus magnifiquement que fa fortune & fon amitié la lui permirent. Deux jours après ces triftes funerailles, il écrivit cette lettre au Comte d'Emicourt.

« Vous avez tué Wolfey. Je veux croire » que vous l'avez tué en brave-homme; » mais ne vous glorifiez pas encore de votre » victoire, elle n'eft pas parfaite, puifque je » fuis encore envie. Vous avez en moi un » ennemi d'autant plus redoutable, qu'il » combattera pour poffeder une Maîtreffe, » & pour vanger un ami. Trouvez-vous

» demain au même endroit, où vous avez
» fait votre combat, afin que le Théâtre de
» la mort de Wolſey le ſoit auſſi de la vôtre
» ou de la mienne.

Le Comte d'Emicourt crut que la mort
de Wolſey ne lui ayant point coûté la
moindre bleſſure, il tireroit auſſi bon parti
de Park. Il ſe rendit à l'endroit marqué
au Soleil levant, & avec la fierté que donne une victoire récente, & l'aſſûrance
qu'inſpire l'eſpoir d'une prochaine. Mais
il ſe trompa, la fortune ne l'avoit flatté
que pour le mieux trahir. L'Anglois fu-
rieux à la vûe de ſon ſang qui couloit d'une
légere bleſſure qu'il avoit reçu à la cuiſſe,
fond avec impétuoſité ſur ſon ennemi, le
preſſe, le trouble, ne lui donne pas le
tems de ſe reconnoître, lui paſſe ſon épée
au travers du corps, & le renverſe mort à
ſes pieds.

Madame de M.... apprit la mort tragi-
que de M. d'Emicourt en même-tems que
celle de Wolſey, & ne fut guére moins
affligée de l'une que de l'autre ; mais Ma-
demoiſelle ſa fille fut accablée de la derniere triſteſſe. Elle maudit Park mille fois,
elle lui jura une haine implacable, & re-
fuſa avec colere toutes les juſtifications qu'il
lui fit faire par une Amie commune.

Il ſe hazarda de paroître devant elle
dans la maiſon de cette Amie. Si-tôt qu'elle le vit paroître elle l'accabla de ces reproches ſanglans & cruels, qui ſeroient in-
ſupportables dans la bouche même d'une
perſonne indifférente, & qui déſeſpére dans
celle d'une perſonne aimée. Perfide, lui

dit-elle, roulant des yeux éteincellans de
colere, & lançant fur lui des regards fa-
rouches, ofes-tu te montrer à mes yeux
teint du fang innocent d'un homme qui
étoit, pour ainfi dire, mon époux ? Que
t'avoit-il fait cruel, barbare, inhumain,
pour lui ôter la vie ? Que t'avois je fait
moi-même pour m'en priver. Il avoit tué
mon ami, répondit Park en tremblant, &
la douleur peinte fur fon vifage. Il a tué
ton ami, reprit elle ? Dis plûtôt qu'il a
puni fon infolence. Plût au Ciel qu'il eût
pû de même punir la tienne. As-tu donc
crû te faire aimer de moi en m'ôtant ce
que j'avois au monde de plus cher ? Fuis,
monftre ! fuis loin de mes yeux, & crains
tout de ma haine & de ma fureur ? Mais,
non, ne crains rien d'une fille qui ne peut
fe vanger que par fes larmes & fes regrets.

Ah ! Mademoifelle, s'écria l'amoureux
Park, je vous fournirai d'autres armes,
& ma main conduira la vôtre à mon cœur,
pour m'arracher la vie. Ta vie, lui répon-
dit-elle, n'eft pas affez précieufe pour
payer celle de mon cher Amant, & s'il eft
vrai que tu m'aimes, vis monftre, vis
cruel, pour fentir tout le poids de ma haine & de mon mépris.

Park abbatu, les yeux couverts de larmes de fang, n'ofoit pas la regarder, &
reftoit dans un morne filence. Les pleurs
d'une homme aimable font féduifantes :
Quelque irritée que fut Mademoifelle de
M. elle craignit de s'en laiffer atten-
drir. Elle lui tourna le dos, fe retira de
fa préfence, & le laiffa interdit, embar-
raffé

rassé de répondre, quoiqu'il eût cent choses à dire. Comme elle tomboit en défail-
lance, ses filles la reçurent entre leurs
bras, la portèrent dans l'appartement d'à
côté, & la couchèrent sur un lit de repos.
Park la suivit pour la consoler & pour cal-
mer sa douleur, pénétré lui-même du même déplaisir qu'il avoit causé; mais Mademoiselle de M::... avoit déja perdu
connoissance tout-à-fait. Il rentre donc
dans la chambre où étoit son Amie, dans
un état pitoyable, roulant mille desseins
funestes contre lui-même. Cette généreu-
se Amie le retira du désespoir où il étoit,
lui dit les choses les plus consolantes, lui fit
promettre qu'il n'attenteroit point à sa vie,
& qu'il se réserveroit pour un tems plus
heureux. Elle l'assura de lui rendre toutes
sortes de bons offices auprès de Mademoiselle de M.... qui ne seroit peut-être pas
toujours si intraitable, & l'exhorta à pour-
voir à sa sûreté.

L'Infortuné Park lui obéit, il l'embrassa,
lui dit adieu en pleurant, & se retira auprès de son Général, lui conta tout ce qui
s'étoit passé, lui apprit la mort de Wolsey
& celle du Comte d'Emicourt, & le sup-
plia de le prendre sous sa protection, il fit
sagement, le Marquis d'Emicourt le fai-
sant chercher pour tirer vengeance de la
mort de son fils, qui demeura pourtant im-
punie.

Tel étoit le malheur de ce déplorable
regne, que les plus forts donnoient la loi
aux plus foibles. Le Général Anglois aimoit Park, qui avoit toujours passé pour

un brave homme. Cette derniere action lui gagna davantage le cœur de tous les Officiers. Il en écrivit à Henri V. Roi d'Angleterre. Ce Prince voulut voir Park, il en fut très-satisfait, & l'éléva jusqu'à le faire Lieutenant de ses Gardes. Cependant il étoit d'une tristesse mortelle. Le souvenir de son cher Ami, les rigueurs de Mademoiselle de M.... & le peu d'espérance qu'il avoit de la fléchir ou de l'oublier tout-à-fait, lui rendirent la vie odieuse. Que je suis malheureux, se disoit-il à lui-même, d'aimer une ingratte qui n'a pour moi que des rigueurs & des mépris. La maniere désobligeante avec laquelle elle a toujours reçu mes empressemens, ne me prouve que trop son antipathie, & je vois avec chagrin que je ne puis l'arracher de mon cœur, & triompher de ma foiblesse.

Les Anglois sont sujets à une noire mélancholie, qui dégénere en un mal incurable, qu'ils appellent *Consomption*. Park paroissoit insensible à toutes les bontés du Roi, il lui dit ingénuement qu'il avoit dans le cœur une passion violente & malheureuse, & que rien n'étant capable de fléchir une Françoise qu'il aimoit, il étoit résolu de se laisser mourir.

Henri daigna s'informer qui elle étoit, & la fit demander à Madame de M.... sa mere, qui se voyoit sans biens & sans appui, détermina sa fille à ne plus maltraiter Park, & à accepter l'honneur que le Roi d'Angleterre vouloit lui faire.

Mlle de M. touchée de la persévérance d'un amant si tendre & si constant, le reçut les yeux baissés avec un rouge qui lui monta au visage, consentit enfin à l'accepter pour son époux. Le mariage fut conclu, & s'acheva avec beaucoup de magnificence. Cet heureux changement rendit à Park la beauté & la belle humeur que sa tristesse lui avoit enlevée. Transporté de joye il se jétta à ses pieds, lui prit une de ses belles mains, que pour la premiere fois il baisa, sans pouvoir lui témoigner l'excès de son amour & de sa reconnoissance, que par un trouble plus éloquent que les paroles les mieux rangées. Mlle de M. devenue Madame Park, répondit à ses transports par tout ce qu'une honnéte femme doit à un mari généreux qui l'a comblée de ses bienfaits. Elle l'aima d'abord par devoir, & bien-tôt après par inclination, lui marquant dans toutes les occasions combien il lui étoit cher. Ils jouirent long-tems de leur bonheur, laisserent une nombreuse postérité, & Henri VIII. aussi Roi d'Angleterre, épousa dans la suite une héritiere de cette Maison.

F I N.

Lû & approuvé ce 20. Decembre 1740.
CREBILLON.
Vû l'Approbation, permis d'imprimer.
A Paris le 21. Dec. 1740. MARVILLE.
Regiftré fur le Livre de la Communauté des Libraires & Imprimeurs de Paris, No 2146. conformément aux Reglemens, & notamment à l'Arrét de la Cour du Parlement du 3. Décembre 1705. à Paris le 31. Décembre 1740.
Signé, SAUGRAIN Syndic.

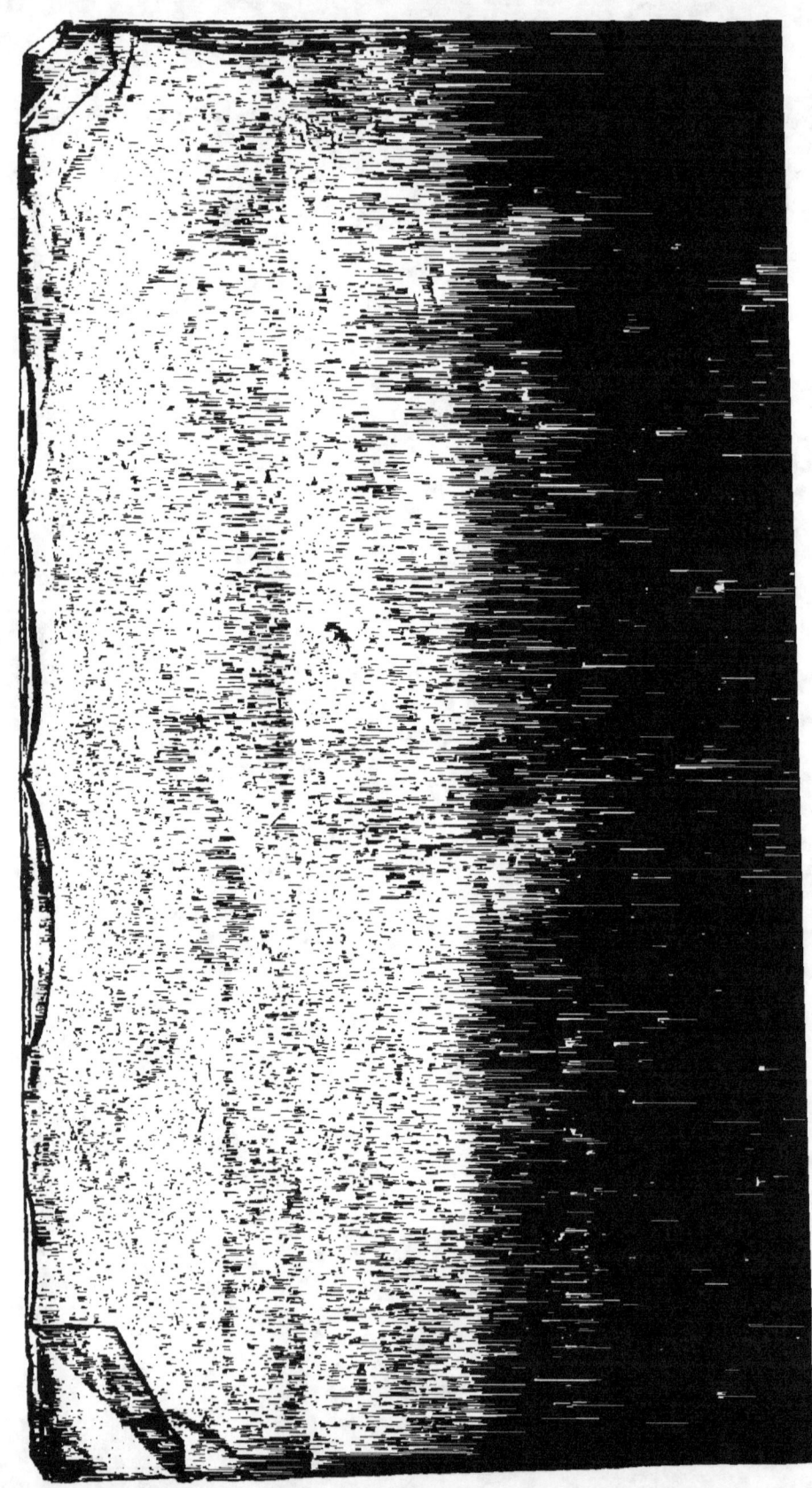

www.ingramcontent.com/pod-product-compliance
Lightning Source LLC
Chambersburg PA
CBHW061656180626
46818CB00003B/1128